In seinem Hotelzimmer untersucht der Inspektor die Vase . . .

Ein riesiger Smaragd kommt zum Vorschein!

Er versteckt den Aktenkoffer mit Diamanten und Smaragd unter dem Kopfkissen.

Später in der Nacht . . .

Wer ist da?

Beunruhigt greift der Inspektor nach seinem Aktenkoffer und findet . . .

. . . ein Flugticket nach Florenz. Er fliegt sofort los.